U0533272

阳光集　马晓康 ◆ 主编

张建海　著

纯纯薰衣草

山东友谊出版社·济南

图书在版编目（CIP）数据

纯纯薰衣草 / 张建海著 . -- 济南：山东友谊出版社，2022.10（2023.9 重印）
（阳光集 / 马晓康主编）
ISBN 978-7-5516-2307-0

Ⅰ . ①纯… Ⅱ . ①张… Ⅲ . ①诗集 - 中国 - 当代 Ⅳ . ① I227

中国版本图书馆 CIP 数据核字 (2022) 第 194286 号

纯纯薰衣草
CHUNCHUN XUNYICAO

责任编辑：王　洋
装帧设计：北京长河文丛文化艺术有限公司

主管单位：山东出版传媒股份有限公司
出版发行：山东友谊出版社
　　　　　地址：济南市英雄山路 189 号　邮政编码：250002
　　　　　电话：出版管理部（0531）82098756
　　　　　　　　发行综合部（0531）82705187
　　　　　网址：www.sdyouyi.com.cn
印　　刷：济南乾丰云印刷科技有限公司

开本：880 mm×1230 mm　1/32
印张：39.875　　　　　　字数：900 千字
版次：2022 年 10 月第 1 版　印次：2023 年 9 月第 2 次印刷
定价：180.00 元（全六册）

序

诗人手里都握着一把薰衣草

马启代

诗人张建海手握着薰衣草进入了我的视野。

薰衣草并不是中国的原产植物，但在现代汉语里，这样一种外来的花草早已成为爱与美的象征。在他的诗行里，薰衣草鲜活、生动、芬芳四溢，蔓延成一望无际的风景。我知道，薰衣草在他的生命和精神世界里也许已经存在了很多年，他把它作为核心的诗歌意象一定与之有着某种不可言说的隐秘联系。作为从青州那片古老的土地上走来的诗人，他的血脉里继承着深厚的东方文化的审美基因，但在历经多年的苦苦求索和多舛命运的磨砺之后，薰衣草这一浪漫而充满憧憬的意象唤醒了他的生命意识与审美经验，成为他放飞想象和灵魂救赎的美学介质。如果从艺术流变的背景上来探视，薰衣草所承载的复杂意蕴和迥异于本土艺术传统的丰富意趣，为我们在现代主义思潮熏陶下成长起来的当代诗人的创作提供了一个不错的维度。这甚至让我相信，其实每个真正的诗人手里都握着一把薰衣草。

是的，我把薰衣草与我们常常谈到的欧风美雨放到了一个价值天平上，事实上，张建海笔下的薰衣草虽然已经汉化，但在体现诗人的生存感悟与心灵孤独上，张建海的诗歌凸显出个性鲜明的现代艺术特征。综览他的创作，薰衣草作为葡萄牙国花的典雅高贵、作为"等待爱情"之花的热烈以及作为"香水植物"的静美，都如光影一般闪现在他的诗行里。张建海的诗歌总体上是快节奏的、急躁的、按捺不住的，这正好符合那种令人热血沸腾的写作的特点。我一向认为，真正的诗歌来自灵魂被命运之火炙烤时发出的尖叫，比起那些温吞吞的写作，我个人更喜欢鲁迅先生所倡导的血写的诗行，因为没有极限的生命张力，便不会有穿越时间的生命经验和不朽的诗句。张建海与外在的世界之间是有张力的，他似乎一直在为现实的生存而奋斗，一直在寻找着安顿肉身和灵魂的栖所。这种持续性的付出强化了诗歌内在的对峙性，也就是说，生存的压力与艺术的求索给他带来的困惑与希望，使他的许多作品都有暴雨击地的紧凑感和断裂性。我当然也喜欢这种急切甚至带着某种激愤的表达，因为哪怕显得粗粝，但诗句会如鼓槌一样发出声响。好的艺术是拒绝精致的，我这里指的是那种没有魂魄的圆润。张建海显然是在东方文化与西方诗学的共同浸染下来建立自己的精神和艺术谱系的，从这本诗集看，他已经基本具备了现代人的审美倾向，当然，作为现代诗人需要建立起现代人的价值自觉才能为创作提供源源不断的动力，从这个角度讲，原生于地中海地带的薰衣草对于张建海而言，不仅起着艺术上的引导作用，更起着精神上的召唤和提醒作用。

"惟草木之零落兮，恐美人之迟暮。"自屈原开创"香草美人"的先河，中国滔滔汩汩的诗词河流上，飘满了芬芳的草木。江离、辟芷、秋兰代表的艺术源头与薰衣草代表的当然不同，但如果重新审视原有的文学史叙事，我更愿为之剔除掉一代代附加其上的政治属性，而还原其象征高洁人格和寄托审美情感的本质属性。据此而论，张建海的这些诗歌皆源于他个人的命运际遇和心灵苦闷,是绽放在他精神伤口上的花草——当然,有的样子偏向江离、辟芷、秋兰,有的更像薰衣草。让我们来看一下他的《薰衣草》吧,他写道:"我还是为/薰衣草沉醉/几丝白发/依然飘着/淡淡薰衣草的/香味//等待着爱/等待着自己/不被昨日掩埋/循着薰衣草的香气/发现一颗颗/太阳//深深爱上/这紫色的爱/我的血/从此更红/我的等待/更纯真//纯纯薰衣草啊/一曲紫色歌谣/熏染灵魂深处的梦想/等待着/每天都有新的自己//不敢向太阳索取/一束薰衣草/坚守着纯粹/身在红尘里/香飘云天外。"这首诗并不难懂,我也不想饶舌解读,这种有点直抒胸臆的抒情,强化着"我"这个个体的存在,也从对抗掩埋和坚守纯粹中获得着精神的诗意提升,而他在"我"(本体)与"薰衣草"(喻体)之间建立的多层面的关联揭示出他个人的艺术观念和审美追求,也回答了他将《纯纯薰衣草》作为书名的潜在原因。他在《味道》一诗中从另一个"虚"的角度,也为之做了进一步的注解。他写道:"淡淡的薰衣草啊/纯纯堪比热血/我们陶醉在/她的香气里/愿意做/春天的俘虏//今年我又经过/已经刷新了/变成另一副模样/纯纯的紫色薰衣草/换作了别的植物/而我们/也在风中/各自改变方向//是不是/你也还记着/那香透骨髓的/薰衣草的味道。"这其中几段也不费解,其中的"淡淡的""纯纯的""香透骨髓的"等词汇,让我确信作为诗人的张建海"在这烟熏火燎的人间"追寻"不掺杂质"的让人"惊心动魄"之美的真诚与决绝(见《杏花开了》),从这一点上讲,屈原"出淤泥而不染"的人格在怀抱薰衣草的张建海的身上依然有所体现。

他自己也深知"诗歌难写,新诗尤甚",但他坚信"它虽不是哲学，却比哲学更有趣味；虽不是武器，却比武器更长久"（见《后记》）。在"趣味"和"武器"两个支点的平衡上，诗歌考验着所有的诗人。张建海有一种如冤魂怨鬼般纠缠的执着，是那种试图把诗歌作为墓碑的诗人。除了蹈水而逝的屈原，中国传统意义上的诗人是容易与生活和解的，只有深切感受到生命价值的现代诗人，才与世界形成无法和解的精神之痛，才有勇气拥抱"生死未卜的光芒"（见《杏花开了》）。而在薰衣草的故乡，诗人的形象却恰恰相反。古希腊的神话中，诗人的形象是复杂的，如俄尔普斯代表着勇敢、坚毅和悲剧性的抗争；古罗马神话中主司诗歌和艺术的女神密涅瓦，是爱与美的守护者，栖息在她身边的猫头鹰，是现代社会诗人形象的最好注释：机警、犀利和黑夜中的歌唱。是的，除了芬芳，还有歌声，薰衣草也是会唱歌的。

谨为序。

2022 年暮秋于明夷斋

马启代，1966 年出生，山东东平人。中诗在线总编，"长河文丛"主编。1985 年开始发表作品，出版诗文集多部，诗文被翻译成英、俄、韩等多国文字，曾获中国当代诗歌奖（2013—2014）创作奖、首届亚洲诗人奖（韩国）等，作品入编《山东文学通史》。

目 录
CONTENTS

001　序　诗人手里都握着一把薰衣草 / 马启代

001　春天里
002　杏花开了
003　翅膀，春天的灯光
004　清明
005　夏花
006　秋风起兮
007　秋（组诗）
015　秋风
017　美好的秋天
018　秋日
019　秋分
020　霜降日
021　立冬（一）
022　立冬（二）
024　冬雨
025　冬天那些事
027　下雪的日子
028　太阳雪
029　大雪

030 必有一场雪落下来

031 山上的花儿开了

033 远方

035 回忆

036 早晨，快跑！

037 永如初识

038 忽然

039 爬向山顶

040 无题

041 穿过月亮

042 去往山谷的路上（组诗）

044 约

045 自己的河流

046 必须

048 轮回

049 超凡脱俗

050 心情

051 风吹走了

052 路上

053 阳光下

054 月亮正在路上啊

055 城中城

056 遗迹

057 命运

058 简单的幸福

059 水为什么混浊

060　伤痕
062　丢失的远方
065　一片树叶滑过明镜
067　云泥
068　浮尘
069　开关
070　你可知道什么是诗歌
072　早晨
073　白日
074　夜晚
075　夕阳
076　流星
077　落日
078　雷
079　雾霾
080　光明
081　祝贺
082　总有光芒醒着
084　平凡的夜晚
085　相遇
086　往事
087　懵懂
088　情怀
089　曾想看你长发飘飘
090　爱情船
092　味道

094　那时不懂明月

096　爱情，可遇不可求

098　当时已惘然

099　珍爱

100　你走了

102　回到故乡

104　乡愁

105　不归

106　岁月

107　笑容

108　渴望

109　你的名字

110　照片

112　相片

113　眺望

114　渴望过的渴望

115　名字

116　夜色

117　寻梦

118　梦

119　知音

120　友情

121　新年的歌

123　看见

125　画

126　品茶

127　热爱

128　珍惜拥有

129　我为什么哭泣

131　废墟

133　毕业季

134　培训班

136　农民工

137　陌生人

138　疏远

139　痴情者

140　咒

141　念

142　伤

143　问责

144　爱过

145　其实，我不喜欢闪电

146　讲课

147　故事

148　野花之痛

150　角落

151　生日

152　那风儿还在

154　故乡月光曲

156　南山之意

157　古街

159　流星雨

160　诗歌的谷底

162　时光

163　树影

164　花开

165　白玉兰

166　薰衣草

168　卧梅

169　山楂树

170　墙角的蜡梅花

171　落花

172　向日葵

173　梨花

174　残荷

175　芦花，芦花

177　芦花

178　芦苇

179　枯荷

180　柿子树下

182　花无缺

183　后记

春天里

终于传来
阵阵芳香
我嗅到激情四射的烈焰
照亮平原山川

这个春天
泥土也在燃烧
你不歌唱
就真的变成哑巴

杏花开了

在这个春天里
在这微寒的风里
一束束杏花
种植下　一束束
生死未卜的光芒

弹奏古筝的乐声
薄如蝉翼的翅膀
淡淡笑意
泼洒到路上

一朵笑　一个梦
纯纯的
不掺杂质
在这烟熏火燎的人间
美得惊心动魄
短暂　一瞬
惊鸿般
划过人世的烟火

翅膀，春天的灯光

雨落在春天的身上
厚厚的黄土长满翅膀

一朵朵花
悄然无声
是否她们都有一盏
飞翔的灯

雨把春天洗亮
一双双飞翔的翅膀
让春天成长

雨丝
飘落下来
浸润我贴身的衣服
多想有一双
飞翔的翅膀
多少次我听到
枯枝断裂的巨响
阵阵涌动的潮汐
在胸腔里隐隐疼痛

清　明

把车开到山顶
如梦云雾缭绕
小草已经吐绿
树木正在发芽
飞过鸟的身影
一地金色阳光

把车开到山顶
这里风景秀美
遥望山下青烟
似已离开红尘

伸手触摸云朵
天空高不可攀
轻倚奇松假寐
神游天地之间

夏　花

夏花灿烂
阳光朵朵

一场雨
涂抹掉一些蝉鸣
只剩下一双双
清澈的明眸

把脚印留下来
一粒粒向日葵的种子
种在夏日
种在成长的坐标里
曾经疯狂的爱
胜过火焰

开在路旁
开在高山
疯长一片情愫
忘记归路

秋风起兮

刚想说话
在秋风里
却一时语塞

你是不是还喜欢
这落叶缤纷的季节
满地文字碰撞
有的还折伤了翅膀

你喜欢风
喜欢风里的味道
让季节喝醉
让灵魂颠簸

秋风起兮
大幕开启
是该分出黑和白的界限了
总不能模棱两可吧
你总该把心里的话
对着秋风倾诉一场啦

秋（组诗）

只有热血可以沸腾
除此之外
一切都是冰
　　　　——题记

一

当黎明醒来
树叶望着天空的云朵
像一只只小鸟的翅膀
在风中歌唱

她们无畏地生长
唯有靠激情调色
在日出日落的往复里
种植一腔绿色的热血
从春到秋
从月圆到月缺
树叶摇起铃声
大地微微颤动

二

当云朵望着绿叶
大地上翻滚着波涛
白杨林和泡桐树
摇动绿色的记忆
大地上响起梵音

阳光洒下来
树叶泛着金光
一只只明眸
写着豪迈

她们用激情歌唱
不知疲倦日日夜夜
燃烧的血液
染遍山川河流

三

我看见缕缕青烟
从树冠升腾
似万千精灵在祈祷
闪电从云端落下
她们和天对话

我看到地下的根
正拨弄着熔岩的热浪

四

树叶开始换色
树干越发雄壮
她们把自己的肉身
奉献给秋

山川五彩斑斓
通身的热血沸腾
河流中的倒影
记录下每一首歌谣
没有一片树叶是多余的
她们和阳光在一起
成了无话不说的兄弟

五

纱网从天空落下
河水越发迷离
田野秀丽
一起回望昨日
一条燃烧的河

激情不会终结
血液不会凝固
在秋日
狗尾巴草
也焕发华丽容光
只剩下石头
独自冷漠无语

蝴蝶们累了
她们遵守承诺
纷纷停在路边

六

昨天已是海水
明天还是熔炉
都说生若夏花
谁更爱秋之热血

所有的美
都有血的温度
每一首歌
都是用灵魂下注
不爱秋天的人
是多么孤独

秋天的树叶
是从地狱劫来的火
每一朵微笑后面
都是刀子割裂的伤痕

七

小草在秋天
哀怨吗
没有
我听到她在歌唱
热血曾经沸腾
从此永不言悔
树叶飘飘
歌声永恒
殉道者
走在路上
了无痕迹

天空中的海洋
云朵上的餐桌
悲哀里的灿烂
犹如无生无死
无穷无尽
我多么喜欢

秋天的味道

八

你还好吗

不知道在问谁
万山红遍
秋日永驻
树叶成花
花蕊化泥
空无一人
却漫山遍野

叹息
只能与太阳同在
只能与光永恒
秋野无垠
随风摆动

我不曾死去
唯热血尚在
滚烫的
喘息的石头

九

秋天来了
梵音升起
烈焰腾空

一切都是风
都是流动的河流
从没有孤寂的花
只有沉默的果实
站在秋天
不用说话
没有一个人
两手空空

热爱每一颗星星
热爱每一个自己
热爱每一只蝴蝶
每一个季节
都兑现承诺
每一条河流
都能留下你的影子

除此之外
我不发一言
并且发誓

尾声

一腔热血
不容错过的美

秋　风

秋风把田野吹灭

静悄悄的
难道要谢幕吗

我还在等待
花开的声音
眺望着
模糊的田野
期待嘹亮的歌声

别人都说
冬天快要来了
你错过了黄金
错过了未来
身上结满
无数的伤痕
暴戾的夏
曾举起鞭子

风吹过来

一条向下的河流
在万木萧瑟之中
仍然种下小麦
收获一片碧绿

秋风　她说
还有一条一条通往春天的
捷径
你敢不敢走

美好的秋天

秋天多么美好啊
四下里传来打铁的声音
红叶相撞
火花四溅

斩钉截铁的绝响
击中人心
陈年旧伤
纷纷扬扬飘散

秋天的风
是一部抽水车吗
抽走大地的浮尘
河流清澈
土地辽阔
云朵宛如少女之心
纯粹　不发一言

秋　日

秋天一声呐喊
清澈的溪水
一拐一拐跑进远山

地平线
把想象切割组合
秋天无论站在何处
都有美好结局

谁还在颓然叹息呢
飒飒的寒霜
突然给你一个惊喜

秋　分

月从今夜白

但我对夏天
还缺少一种
刻骨的爱恋

把激情丢进
清冷的风里
借一双翅膀飞翔

惊起一地雁鸣
在暮秋
在暮秋
谁是
年轻的歌谣

霜降日

霜降日
天空开始沉淀

风只会更凉
爱美的蝴蝶
化作洁白的霜

要想活下去
就必须热爱雪花
热爱冰凉的空气
热爱蒙着眼睛的面

霜降日
一把刀
把归途斩断

立 冬(一)

和风一起
走在碎叶飘舞的路上
今天立冬
再无寒蝉泣鸣

风不停地解析
红色、黄色、蓝色……
冬天这辆纺车
和夏天截然相反
它要把五颜六色
织成同一种色调

该失去的都已失去了
该得到的终要得到
立冬日
大地轰隆隆地奔向远方

立 冬(二)

风把大门关闭
作别春花秋梦
走在冰山雪海
再无一株花开

说过的话
都落地生根
在心中绿叶婆娑
抚摸昨日的泪眼
一路保重

立冬日
铁锁大门满脸漠然
崭新的道路峰回路转
只有记忆的火焰
那些玫瑰花仍在烧
雪花爬上眼角
告诉你前方的道路
一望无际
但雪花不是花

在这条路上
都是逃命的人
都是奔波的人
梅花只为活命
她不是花

突然间
天地旋转
我只能抱着
残存的记忆
取暖

冬　雨

夏天的云
误了归期

叮咚
敲落最后的树叶
叮当
敲落一地鸟鸣
大地污浊
天空清澈

冬天的雨
外表温和
内心强暴
多么像一位
政治家

冬天那些事

冬天真好
冬天蒙着面
行人都戴着口罩
像古代侠客

我想起
天上的星星
彼此相隔遥远
但并不陌生
他们怀着
美好的想象

繁华已然褪落
虚伪脱去伪装
四处刀光剑影
不是你死就是我活

演出曾何等精彩
利益面前全土崩瓦解
年龄越来越大
世上的华丽虚伪而美妙

春天早已结束
再不发芽
终将一无所有

下雪的日子

下雪了
冬天在切割月光

下雪了
马路开始种银子

下雪了
大地变得多么宁静
城市和村庄
都进入纯真的时光

下雪了
用一万朵绒花
做成飞翔的翅膀
下雪的日子
幸福无边无涯

太阳雪

太阳出来啰

分不清茉莉开
还是蝴蝶飞呀
天空点亮
无数盏小小的
纯洁的灯

太阳出来啰

飞腾的雪花
这六瓣的晶莹
是春天的光明
短暂却又灿烂
陶醉在
写满人间烟火的舞台

大 雪

下一场大雪
大地变成洁白的纸

下一场大雪
盖住所有陈年旧伤
忽如花开
忘记贫穷富贵

相聚在童话中
踩着厚厚的积雪
一起寻找
梦里的梅花

在踏雪寻梅的路上
我认识了你

必有一场雪落下来

这个冬天
必有一场雪
会落下来

必有一场雪
盖住一些昨天的事物
盖住那些陈年旧伤

赏雪景的人是幸福的
能看到美景的人
必还有一场雪落下
压住沉沉心事
藏住大地的河流

他们不说话
不等于无话可说
河水依然流动
是藏在黑暗中的弦
在一个早晨或黄昏
有百鸟朝阳或倦归

山上的花儿开了

山上的花儿开了
一片片彩云泼向
我们的假日

高山开出的霓虹
牵住了谁的手儿
万丈红尘
扑打着雾霭
多么想看清
彼此的笑容

山上的花儿开了
我们沐浴清新的风
一个如此
美丽的地方
在风中　每个人
看到不同的风景

高山上的花儿开了
谁是月亮的孩子
爬到山上

像在飞翔
好想站在
鹰的翅膀上

远　方

那片湖畔的树林
雾一般迷离忧郁
那条明净的小溪
眸光却清澈照人

说过要去更远的远方
那里有结满野果的天涯
当秋风挂起欲燃的枫叶
我轻轻地离开

就像落叶花一样燃烧
就像鱼儿归于大海
相信远方
必是一个纯净的家乡

不是逃避
星星布下的罗网
不怕那些网洞里
漏出子弹一样的阳光
我想寻一种
别样的生活

只要你能兑现承诺
不被生活欺骗
也从不欺骗生活

回　忆

那些爱
从树上飘落
死去的蝴蝶
让秋天的风
现出原形

记忆从不赊账
也没有绝对的对错
在两个远方之间
失去了未来
又失去回忆

是第一片雪花
惊醒了梦中人

早晨,快跑!

早晨快跑
早晨是个乖小孩

早晨快跑
路上有雪花
还有失眠的星星

早晨
有一条路通向远方
路旁有很多门
里面植满鲜花

早晨快跑
太阳还没升起
跑在路上
跑在太阳前面

一生中有无数个早晨
和黄昏
我一直住在
清晨中

永如初识

忽然风绿了
忽然风黄了
忽然你在风中奔跑

推开窗户
我望见了自己
闭上窗户
忽然想起
远方

楼下的木兰花
长出了新芽
我相信
她会结出一篇
美丽童话

已无所求
已无所求
愿你永如初识
不被世俗玷污

忽 然

忽然风的波浪
吹开树林
你在
月光里闪现

忽然麦浪连天
你洁白的牙齿
冲我微笑

忽然看见清晨
整理好的行囊
岁月安好
静待花开

忽然你停住脚步
淡淡的栀子花
香满地

爬向山顶

天空颜色
不再湛蓝
再无鸟的翅膀

爬向山顶
望见一株成熟的麦子

没有白云
只有风
只有记忆和梦幻
是谁吹起号角
那吹响号角的人
到底什么模样

他为什么
不食人间烟火

无 题

走过的路星光熠熠
记忆的河流悄然东去

谁知道苦涩的寂寞里
有缕缕淡淡的幽香

喂!
我将穿过黑夜
而闪烁

穿过月亮

采着月亮的须
爬过那个大瓷碗
会看到一片大海
海面上飘来异杳

小时候
多次这样想过
但现在已经知道
除了冰冷的石头、灰尘
连空气也不存在

但又不愿放弃
那个梦想
我还是对自己说
穿过月光
穿过月亮

穿过月亮又怎么样呢
无非是想知道一些秘密
浩瀚的银河
只藏着我们
追索的欲望

去往山谷的路上（组诗）

狗尾巴草

他们整齐地舞蹈
在山坡上起伏
如一片流水
岁月的车辙

柿子树

只顾玩耍
忘记回家的路
焦急地眺望
满脸通红

野　蒿

银色的珍珠
弃于荒野的王冠
一个梦想
突然凝固

野蔷薇

最后的蔷薇
浑身涂满胭脂
如被打入冷宫的王妃

抬头看
这山涧就是宫殿
谁是你的王

土　崖

一层层不同颜色的土
像一页页书
日晒雨淋

修　路

"前面施工
此路禁行"
没有任何征兆
旅行结束

如同我最初的梦
撒入社会
突然不见

约

秋天结束
第一朵雪花
就要到来

在大地上刻下记号
明年春天
那些小草
依然会
排起整齐的队列

走在寒风里
走在等待中
树叶纷飞
大地的黑眼睛

自己的河流

当传说成为传说
谁还在寻找
苍茫的天空
注定有一条
属于自己的河流

不踟蹰于山川
不流连小溪的漩涡
啜饮着太阳的流火
沿着远古的记忆

夜晚垂下孤寂的月亮
也许记忆会慢慢生锈
奔腾是活着的
唯一理由

必 须

必须有一个伤口
连接受伤的白日

必须有一个伤口
触摸灵魂的黑暗
感受树根的疼痛
那是花朵的伤口
割开一个秋日
盛接春天的落叶

万里江山
每一寸土地
都铭记在心
必有一双哭泣的泪眼
在等待收获
而在阳光里
他们往往都被忽略

必须有一条河流
指示前进的方向
必须有一座高峰

筑起不朽的墓碑
必须有鲜血凝成的信念
不是用语言呈现的颂词
必须自己先有创伤
而后时代才能愈合

文明一万年
不是移来挪去的工具
不是商家炒作的名片
必须有一副重担
压在肩头
只让文明飞

厉风吹拂纵然衣袂飘飞
站在洼地
也看不清苍茫大地
必须攀上高山
攀上历史峰顶
必须站到明亮的天空下
才能说出河流的名字
才能让我仰视你

轮 回

终将一无所有
没有远山的清香
没有云朵的飘逸

我们必将得到一场
刻骨的黑夜
浸透湿漉漉的灵魂
有月光的陪伴
没有回忆的歌声

但有一首诗曾属于你
有一份祝愿属于你
哦　朋友
但你不会知道
同样的风景下
我写过一曲
高山流水

超凡脱俗

你是鸟鸣
你又不是鸟鸣

你是溪水
你又不是溪水

没有尘埃的天空
不是我们的生活

左手写诗
右手写不了生活

谁的梦境中露着
洁白的牙齿
阳光下
却花朵一样绽放

有精灵在劳作
长翅膀的人
仍在山坡上种田

心　情

看到清晨
看到喜爱
看到花开

那些风吹拂的消息
逐渐消失
腐烂的气息
被阳光覆盖

不再羡慕那些小草
并不是在春天突然醒来
它们循着记忆的路径
用一滴滴血汗
积攒蓬勃的生机

又开始我的工作
俯下身去
发现生活中的美

风吹走了

风吹走落叶

风吹跑花朵

风吹没了云朵

多想站着不动
却被风吹得
东倒西斜
风吹动我
让我惊醒
还是让我入梦

有人在唱

走进空山不见人
唯有漫天红叶飞

风在吹
吹走了我的世界

路　上

风已很猛了
如夏日井中清凉的泉
阳光还是有些烫
树叶戴上有色眼镜
转眼即成烟霞

身后的鸟鸣
急流勇退
追不上秋天的步伐
河流越发清澈
倒映着一些陈年旧事

我不敢回头
身后必定尸横遍野
也不敢停下脚步
躲避着风中的刀子

多想唱一曲颂歌
歌颂阳光的恩泽
在这个秋日的午后
却急匆匆地走向远方

阳光下

阳光像雨点一样
砸下来
冰凉而又灼烫
一声声催促的号令

在这个秋日的午后
自己急匆匆地赶着时间
我知道很多人
和我一样
外表平静
内心焦灼

月亮正在路上啊

回家　回家
带一片月光回家
每一句祝福
都是一艘渡船

月亮正在路上
给星星点灯
遗漏的阳光
像种子
在发芽

城中城

走向远方
走向记忆的深处

经过一段桥头
似乎便走进彼岸
走进一阵阵风中

多想
从一片繁华而寂寞的城
走进素雅的记忆
从今天走进昨日
从中年走回少年

但这里也布满水泥丛林
结满城市的孤独
真诚的笑容
难道
永锁自己的城中

遗　迹

纵然仰视
你也看不到了

你总是把小
看得很大
你总是把大
看成很小

那个传说
端坐在一角
无人知晓的秘密
正默默焚烧

你看不见
看不见
被物欲控制的灵魂
已化成水
只有小草还知道
只有春风还知道
有一段隔世的芬芳
成为绝唱

命 运

活着
不需要理由

脚踩大地
和天空中的风
赌注命运

仰望天空
一滴雨是春
两滴雨是夏
三滴雨是秋
四滴雨落下
一起收走

大地之子
总是听天由命
一杯酒笑春风
两杯酒添白发
三杯酒入土为安

简单的幸福

天空透明
树木葱翠
大雨清洗了
明丽的夏日午后

看见远山
看见云朵
一丛丛　一片片
绿色的火苗儿
多可爱

鸟儿们也在雨后醒来
经过一个美好睡眠
唱起自由的歌曲

简单而纯粹的幸福
这与金钱无关的事
似乎伸手可及
多想跑过去
像那些童年的夏天一样

水为什么混浊

水为什么混浊
那是因为邪恶的倒影

透过晶莹的棱镜
我看到
一些灵魂在扭曲

水为什么混浊
并不是我的错觉
这历史的水啊
模糊了清晰的记忆
通过一滴水的光泽
折射不出正义

如果都是正义的人
什么也不用说
轻轻走在路上
历史自会读懂
那一行清晰的脚印
如清澈的泉

伤　痕

你将面具戴上
背负春天的泪水
忘记自己的名字

生活的重担在肩
你出发
是要完成一个使命吗
灵魂已远走高飞
唯有对生活的信任

为了你的这点良心
却要熄灭我的梦想
我真的发誓白头偕老
在诗神面前
一切却都荡然无存

我是时代
种下的树
但你不是树叶上的蝴蝶
风吹过
我的歌声

你永远不懂
你眼里的光明
落下来
却是黑色的幕布
两个星球
永不相撞

熄灯了
你的家在流水
我的家在高山

丢失的远方

暴风雪已到眼前
推开门
远方结满了雾
一如昨日的梦

那胸前飘动着的
鲜艳的火苗
成为一束野高粱
成为一条绳索
成为闪电的后遗症
那些偷走
灵魂的人
还在高冈上歌唱

这是一个迷失的季节
没有了远方
没有了早晨
没有了天空
没有了大地
也没有了梦

一件件衣裳架
一间间展览室
这些沉默的词语
曾像微笑
像一朵云
如今洒在衣服上
再不发芽
一朵朵银菊
开在天上
不停地陨落
他们的魂魄
能落在梅花上吗

谁还会相信
每一条伤痕
都会长出一片绿叶
谁还会对着
苍茫的天空
无休止地唱起颂歌
大地突然休克
河水如布满皱褶的衣服
满身疲惫

暴风雪像一块
大幕布
所有的记忆

都将被封存
所有的梦想
都将被借走

暴风雪
零度以下的燃烧
火光后面
站着春天
春天后面是太阳
太阳后面
是丢失的远方

一片树叶滑过明镜

花的笑容
淡然而逝
隐形的翅膀
依然飞行

孤独的树叶
最后的喘息

轻轻滑过天空
如在一片镜片上
没有留下痕迹

它们的梦想
似乎在此终结
滑讨树木
滑过普通的房屋
最后化作烟尘

像一片蝴蝶
像一只绿蜻蜓
被季节追杀

雄鹰也不能挽救

一片树叶
又一片树叶
轻轻滑过明镜
多么像一群
赴死的英雄

云　泥

那是闪电的家眷
绣着《诗经》的针脚
织布唱曲的女儿们
是一群写诗的女子
总喜欢望着
天上的云朵

每一条不知名的河流
都生长着梦
灵魂的沙漏
滴滴答答
芝麻开花

而如今
我们齐声歌唱
说着言不由衷的话语
偶尔
讨论陶潜家的菊花

浮 尘

有喜马拉雅的高度
就有马里亚纳的深度
有了太阳
必有黑暗
跟在沧桑后面

花开过后
一张张沧桑的脸
消失于记忆的河
谁还记得
那临江的窗户前
曾有人挑灯夜读

当金钱成为
唯一的砝码
人们都在说
这才是
奔向大海的河

开 关

四季有开关
打开是春天
闭上是冬天
日夜有开关
打开是日出
闭上是黄昏
门有开关
打开你出现
闭上你消散

是不是也给自己
装个开关
打开是诗人
关闭是商贾

你可知道什么是诗歌

天空掉下
两把刀子
他用左手接住一把
他用右手接住一把
左手撑起梦想
右手打磨生活

没有狼烟四起
却若生不逢时
深陷滚滚红尘
心中万声哀嚎
却不愿去种桃花

这是一个外表温柔
内里残忍的约定
右手写满大地的惩罚
左手贮满天空的烈焰
两只胳膊记录下
诗人残缺的人生
路边的野花
为他举行葬礼

也许没有一个人
理解他的孤独

当鸟儿的翅膀掠过
鲜花的骨头
刻满文字
每一行都惊心动魄
那些活着的白杨树
还依稀记得当初的承诺
这是一道道
诗歌新的支流
也许消失在茫茫旷野

精妙的语言
深入地层的思想
也未必会流出
清澈的泉
那些诗人
又多像
天涯寻水人

早　晨

他从哪里来呢
通透
不染尘埃
活脱脱一位
天外飞仙

白　日

白天是个大染缸
盛着黑也装着白
五颜六色的光芒
数不清的路线

夜　晚

白昼掉进黑夜
虽看不见光芒
却一直在燃烧

夕 阳

她哭了
泪水化作
满天繁星

流　星

燃烧，燃烧
直到烧成灰烬

犹如爱
无法停止的渴望

人们仰望　叹息
噢
他怎么这么愚蠢
徒然耗尽自己的性命

在圣洁的白日
有多少星星
倒在前行的路上
了无痕迹

落 日

霓虹璀璨
但那不是光芒
那是太阳身上
掸落的灰

深夜听花
也没有歌声了
花儿累了
白天她们应酬凡事
夜晚睡去

日落以后
大地波浪般起伏
星空收缩
成为每个人自己
心中的风

追梦人
修补惨淡的阳光

雷

那天空
有了缝隙
雷声漏下来

空空的夜晚
梦的刀伤隐隐疼痛
闪电没有对手
轰隆隆的雷声
把大地洗劫一空

雾　霾

突然不见了
青山绿水
雾霾跑过来
占据了那些位置

短暂的模糊
并不可怕
可怕的是
把雾霾
当成美丽的风景

光　明

覆盖下来
是一张网

有时是加法
有时是减法

祝　贺

没走上前去
高声祝福
默默地望着
新人如二十年前的我们

也许再过二十多年
他们也会坐到这里
看着另一对新人
就像我们现在的样子

能够相聚
真是不易
快举起杯
为举办婚宴的新人
更为我们的满头白发

总有光芒醒着

很开心
却不敢大声笑
因为树苗
刚长成一棵小树
怕笑声
引来大风

一个人笑
一个人抹眼泪
不分享
等长成参天大树
我们一起参观
枝丫绿叶浮云端

你好
早晨
你好
中午
你好
晚安
不管月亮

还是太阳
总有光芒醒着

平凡的夜晚

安静　星星都在睡眠
我的心　正像明月初升

我听到蟋蟀的歌吟
正像游子在流浪
沉沉的夜色里
树叶正悄悄地
一片一片凋落

安静　这个平凡的夜晚
一颗卑微的心
跳动在地球的
一个角落
洁净而美好

相　遇

只有诗还在
明月还在
我两手空空
遇见故人

这么多年
我没有长进
这么多年
我也没退缩
依然站在岁月边沿
一个寻梦人

往 事

往事和我
必有一个
是错误的

不知是我中了
他的埋伏
还是我们
相互欺骗

往事
如一口神秘的井
又像一面刺目的明镜

懵 懂

什么也不用说
只需望着
你眼中的闪电
清洗山河
植满明月

望着你笑
沉默中的惊雷
劈开黑暗
惊异的错乱
洒落满地灯盏
一地星辰

还能做什么呢
只望一眼
已五谷丰登

情　怀

我送你一个青苹果
你眼睛闪动光泽

如果在开满野花的山路
我们会在诗经里相遇

你的笑容出卖了你
我们终是相距千山万水

一抹胭脂
阻断了行程

曾想看你长发飘飘

你的黄裙子
点亮了夏天

你转过脸来
阳光灿烂

你说明年
花会再开

曾想看你
长发飘飘
的模样

我记得
你曾经说过
不管夏花是否灿烂
你的长发
定然披在肩上

爱情船

高高在上的爱情
终逃不脱平凡生活
飞翔的翅膀
必在大地歇息

婚姻像一棵大树
遮住天空
人们在树叶间穿梭
是自由王国
又是捆绑的绳索

那圣洁的爱情
需雨露滋润
你带来的
可不是乌云狂风
当初的承诺
是莲花朵朵
还在心海盛开

那惊鸿般的倩影
那热血滚烫的海誓山盟

只是美丽开端
生活这残酷的沙漏
一点一滴把梦想啃咬
在人间
在平凡的人间
有一艘船
载着青春和爱情
在生活的浪涛里颠簸
还有多少人记得
当初的承诺

味　道

其实
我们什么也
不曾发生过
那一场爱恋
空对山峦

在开满野花的路旁
我们轻轻走过
我并没有随手
摘下花一朵
装扮你的美
远远望去
像一片云

淡淡的薰衣草啊
纯纯堪比热血
我们陶醉在
她的香气里
愿意做
春天的俘虏

今年我又经过
已经刷新了
变成另一副模样
纯纯的紫色薰衣草
换作了别的植物
而我们
也在风中
各自改变方向

是不是
你也还记着
那香透骨髓的
薰衣草的味道

那时不懂明月

你的眼里有闪电
有不死的彩虹
当我回首望去
你瘦削的臂膀里
藏着春天

夏日的飞鸟和蝉鸣
梧叶和风声
适宜道别或相约
雨点点燃
遍地清风明月

有无数火焰
有阳光遍布
爱过一道风
划过四季的诗行
在每首诗里
都种下玫瑰花

天有情没情
与我何干呢

只管做梦
只管喜欢

爱情，可遇不可求

爱情，可遇不可求
一生只分到一个字

总是相信
春暖花开
总是相信
能赶在春天之前
去看她

如果风中相遇
总有人微笑着沉默
手指轻拈
一曲《梅花三弄》漾开
总有个人一不小心
走到季节门外

河中总有倒影
但找不到那个人
就像那首古诗词
一个长江头
一个长江尾

经过多少个轮回
仍在心中明媚

这件可遇不可求的
奢侈品
如果不小心
撞到怀里
就会生一场病
需要用
全部江山作抵押

当时已惘然

本想写一首诗
在匆忙中
却写下你的名字

在紫色木槿树边
你留下的回忆还在

白杨树排列的村口
小鸟看夕阳下山

车来车往的大街
呼唤你芬芳的名字

树叶依旧风中摇动
不怨秋风

珍　爱

曾花一样繁华
忽雾一般迷离
不知不觉
就天各一方

那些亲人
连同远去的消息
悠然闪现
那家乡的草木年华
还飘动着生长的气息

遥望苍穹
一座座高山
飞驰而过
多么像沉重的昨天
我满含热泪
亲人啊
我要心无杂念地爱你
从今夜开始

你走了

我又想起你来
似乎你还在我身边

还记得你说过的话
很多很多的话
我明白了很多含义

现在我挣到钱了
可以给你买药了
你脸色铁青
不停咳嗽

不再和你吵嘴了
我明白了
你性子很急
但心地善良
其实你唯一的责备
只是怨我不知钱重要

现在你走了
栽下的石榴树

也突然枯萎
每当走进家门
想到再也看不见
你扫射过来的目光
很多话
从此不能和人说了

就像一只飞鸟
经过四季轮回
一遍一遍
停留在你墓碑

回到故乡

回到故乡
正是秋季
庄稼颗粒归仓

街上的牛羊
似乎认识我
路旁的野菊花
也知道我的名字
只有在故乡
能嗅到泥土的芳香

房屋都已变动
只有家乡话永远不改
叫了声
叔叔婶婶哥哥嫂嫂
他们非常开心地笑了
我虽然两手空空
也不觉得难堪

我的根就在这里
回到家乡

一下子就有了睡意
我要把自己种在这里
一片向阳的坡上
等待一场细雨
长成家乡的风景

乡　愁

向远方眺望
洁白的月光下
睡着我的故乡

玉米高粱熟了
田野里的乡音
此起彼伏
一些模糊的笑容
总在月光里闪烁

向远方眺望
却是一个伤口
淡淡的哀愁
写着
空空的故乡

那些熟悉的笑容
在钢筋水泥间逡巡
再也寻不到
那纯净的明眸

不 归

故乡
黑夜中退去
隐约记得月中的桂树
曾将歌声晾晒
那时我们不知道蔷薇花的名字
清香和淳朴
是它的特质
田野里的风
涂抹了梦境
天上的云彩
曾是一言不发的老师
都说这是美丽的
但我却不愿归去
炊烟已没了温暖的呼唤
野菜也有金钱的味道
清纯的眼睛依然清纯
只是我已看不明白

岁　月

蓝色的绸带
缠绕　缠绕
走不出
走不出

你目光里
结满了明月
渴望下一场雪
停在晨曦里

不喜欢雨
不喜欢风
只渴望
借我一点烟火
占山为王

我把自己做成石子
投进了梦里
荡漾　荡漾

笑 容

已记不清她的姓名
但记得她红通通的笑脸

就在毕业那天
她突然凝视着我
询问填写什么志愿

她的眼神不染尘埃
闪动着真诚和信任
她很认真地看着我
没有任何扭捏作态

时间过去好多年
彼此各奔西东
只有那明亮的眼神
似一条清澈的小溪
没被污染
无论世上有多少坎坷
我总能保持镇定
因为我相信
世界上有真诚的笑容

渴 望

你如一个枢纽
在我记忆的脑海里
控制着思维的泛滥

你月光一样的美
众昙花纷纷向你歌吟
玻璃一样的笑容
让我的灵魂飞升

你的手臂缠绕着
我心的城堡
在你的目光里跋涉
美好的劳累
想象花开的声音

你的名字

你的名字
是一道闪电
劈开隐藏的黑暗

你的名字
是一张帆
颠簸在滔天恶浪

你的名字
是一根导火线
不断地将我引爆

你名字里面
种着怎样的春花灿烂
似熄不灭的星光

你的名字
拴着我的道路
一道永走不出的
魔咒

照 片

我有一张照片
是梦中梦到的模样
犹如青青野草
有着月亮的牙齿

骑着闪电的快马
风中与我相遇
目光蕴含日月精华
没有语言
拥有春天

分居而眠
从不同床
一句话绿得漫山遍野
从五月烧到九月
白露为霜
素面朝天
种一片雪花
不吃不喝
如同仙人

当黄沙扑面
我们开始劳动
在人间

相 片

只隔一张相片
距离很近
你是我的呼吸
只隔一张相片
距离很远
你是我的梦幻

不敢看相片后面
那是漆黑的夜
最担心
迷失你的方向

眺 望

你在眺望
远方有鲜花
眼里有火焰

你不说话
风儿也不说话
明亮的眸光
压住尘埃

一只陶罐
一架辘轳
古典的梦幻
花开的过程

一次次靠近
一次次梦幻飞升
一次次灵魂洗净

渴望过的渴望

渴望过目光
红草莓一般
燃烧激情
渴望过海水
在秀发上写满浪漫
渴望过红裙子
飘拂在人生地平线

你来过吗
我想过吗
是不是都已淡忘
昨日的渴望
却慢慢沉沦

哭也罢
笑也罢
最后都融进溪流
汇入大海
没有一点痕迹

名　字

你的名字
是一个补丁
缝补记忆的伤痕

夜 色

夜很小
停在你的披肩发上
渐渐被梦漂白

寻 梦

你只管貌美如花
我只为刻骨铭心

你虽然千红万紫
于我却是陌路

无论阳光多灿烂
只取那闪光片段

已无路可走
一回头
看到梦中笑容

梦

夜晚变出一颗太阳
发出黑色的光

心中隐藏的秘密
静悄悄地开花

坐在地球上
写诗
谁穿一件蓝色衣服
在蓝蓝大海边
听涛

相隔多远
只有心知道

清澈的眼睛
不要说对我已陌生

知　音

花中有花
话中有话
你分得清

不管春夏秋冬
你总能捉住
那一抹闪电

透过尘埃
看到你淡定的笑容
但别人只看到
脚步匆匆

无论相隔多远
黑夜里
总能听到
那坚定的琴音

友　情

流动的线条里
我们保持独立
在乌云底下
你总给我一片
晴朗的真实

我不会喝酒
所以我不端起杯子
那些透明的液体
并不代表什么含义
而你无所不在的暗示
正一寸一寸地行进

白天或夜晚
都有光芒亮着
从一个指尖
滑向另一个指尖

新年的歌

无边的大海上
吹来一阵风
我听到新年的歌声

她来自辽远的寂寞的清秋
带着丰满粮仓和丝绸
她穿过地平线那端
托举着炫目的阳光
向我们飞奔

她来自一场洁白的大雪
带着蓬勃的生机
树木倾尽一冬的泪水
群山扔掉世俗的猜疑
一切都是新的起点
她吹着鸽子的哨音
一路走来
陌上花开

无边的大海
无边的森林

新年的风吹过来
昨日的悲伤
长成一丛丛野花
装点今天的美景

无边的蓝天
无边的草原
新年的风飘过来
昨日的笑容
化作一只只小鸟
飞翔在广阔的云间

神秘的古寺
坚固的楼房
宽敞的教室
惜惜的山庄
都种下一个心愿

看 见

一条开花的河流
带走了结满
泥沙的石榴树
你的眸光
是记忆中透明的伞

不发一言
山路两旁长满野花
沉默中天色向晚
隐约看见秋天的粮仓
我想告诉你
一个昨天的秘密
你摆摆手
指间挂着金色钥匙

有些秘密
纯属多余的
生长也好
熄灭也罢
像糟糕的坏天气
转眼已是昨天

你指着远方
远方正盛开着
一片金灿灿的向日葵

画

那些树林
脸色铁青
不发一言
犹如大战来临前的沉寂

我呆呆地望着
世界变得宁静
哪有突然而至的喜悦
纵然是春天
也须经过拼搏

品　茶

拈一撮香茗入壶
叶芽慢慢苏醒
带着山岳清秀
带着雨露芳华

品一抔清风明月
啜一盏春暖花开
一杯茶一部经卷
云卷云舒都是歌
一杯茶一颗禅心
平平淡淡总是真

有歌声绕梁
也有辛苦劳忙
如故交　如良友
诗书相伴
永驻墨端
心中一座茶园
花开花落春常在

热　爱

走过的路坎坷泥泞
但没有人知道
这条河流的名字
寂寞没有边际
遍地芳草隐匿了
蝴蝶的翅膀

也许孤独的流星
穿不过黑夜的沉重
也许我们出发的方向
并不是指向梦中的北斗

依然前行
我们微笑且面对
并不明亮的光影
也许那些冷漠的眼睛
成了节日的杯盏

脚步越发沉重
似被大地的熔岩炙烤
成为旷野里
没人看见的标本

珍惜拥有

夏天回忆冬天的素雅
冬天想起夏天的绮丽

童年渴望独闯天下
成年却追忆纯洁无瑕

一次次梦到故乡的河流
清澈透明犹如人类之初
一次无意的涉水过河
如今竟是美好的回忆

走在通往远方的路上
哪里还有归途
一些友谊化作秋天的枫叶
一些友谊刚刚发芽

我为什么哭泣

每当经过工厂废墟
看到新建的楼房
正在出售
心中一阵惆怅
早晨和黄昏
升起彩色旗帜
已不是昨日
激越的歌声

旧厂房倒下
新楼房崛起
我啊
应该放声歌唱
为什么却
满眼噙着热泪

不再追问
当初的诺言
是不是已经兑现
不再追问
最初的选择

正确还是错误

我只想知道
那几亿元的资产
怎说没就没了
那一片轰轰烈烈
到底去了哪里
为什么工厂没了
自家却建起新的楼房
历史悠久的工厂啊
你真的永远消失了吗

废 墟

围着工厂转了一圈
竟无门而入
大门早已被砌成墙

沿着铁路线的缝隙
向里面窥望
四下里全是灌木和野草
正是细雨蒙蒙
淋湿了眼睛
但不会再有泪水流下

路还是十年前的路
却没有一个人影
我在门外
连同当初的梦想
一起在街上游荡

"如果你能繁荣
我愿化作泥土"
这是离别时
最后的幻想和誓言
但也不能实现

高炉和车间
早已不见
我想起地面也被人
挖去一层
卖了铁砂
进去时二十岁
出来时四十岁
白净书生
变成红铜模样
"我是来搞建设的
怀抱这个理想
如怀抱日月之光"
那时的感觉
多美妙

你还好吗
我举起手
冲着昨天的自己
挥挥手
"再见"
"嗯
火焰已经熄灭"
雨
淋湿了眼睛
树干上的摄像头
发出警告声

毕业季

把帽子抛向天空
染一染蓝天的颜色
一条条抛物线
切割出一道道轨迹

像一个个标点
在天空中写下
一行行诗句吧
这是起点
不是终点站
风一样自由
风一样充满能量

花开在阳光里
树活在雨水中
有多少张笑脸绽开
就有多少种渴望结下
请你谨记
这一个个真诚笑容
请你珍惜
这一朵朵青春之花

培训班

墙上贴着你的作文
那是一片树林
我帮你浇过水
施过肥
陪你在阳光里沐浴
时间那么短暂
却又长路漫漫

一张张笑脸多灿烂
虽然我们是师徒
转身就是天涯
但我曾真心祝福你
你也曾那么认真地
听我讲课

精心编制资料
一个默默无闻的人
把文学的种子播撒
记住我的话
记住教你的方法

再见，同学们
再见，孩子们
才华永远属于你自己
如果能再相遇
可否还记得
曾陪你走过的路

农民工

回家的路多么漫长
家是一盏灯
如在彼岸

早上踏着月光去
晚上踩着灯光回
飘摇的路漫漫
大海一般

上班时光
如垂钓者
只为钓到肥美的生活
早已劳累
回家　回家
化作一只蝴蝶

陌生人

陌生的祝福
如路旁的野花
也想伸手去采
却又保持沉默

当喧嚣成为时尚
真理会退出舞台
知心朋友也会背叛
何况相距千山万水
开出的承诺
怎么兑现

但我还是
把微笑送给你
和那些树叶一样
平心静气地成长
我也会记住你的祝福
曾像花一样开放在山峦

疏　远

眸光明净
莲花盛开

似从梦中醒来
同志　同志
昨天的声音

那些片段多美妙
石榴树花开
迎接黎明
蓝色天空
暗藏着多少秘密

你忽然微笑
却是个陌生人
我们的距离
像两条河流
越来越远

痴情者

早晨
我醒来
带着一团火焰

我在梦中
看到你的笑容

我又听到轰隆隆
机车碾过大地
烈焰腾起
"出铁了!"
"出铁了!"
铁花飞溅
歌声多么嘹亮

我看到我
还走在路上
理想
是一盏美丽的灯

咒

必须把你挖走
重新栽上鲜花

把记忆移植
清除洒下的毒酒

离我最近的人
反而伤我最深

别人的佳肴
我的砒霜

念

为欲望
必须放弃远方
为做好事
先做好人

沿台阶而上
到权力止步

伤

生活
成了生活的目标

问　责

夏天，炽热的追逐
被阴险的秋风击溃
从春天的桃花算起
我就是一个失败者

两手空空
我抓不住
光芒万丈的红尘

低下头
审视着这片土地
目睹春华秋实
只有我
两手空空

两手空空
我追问
我这个诚实的劳动者
到底错在哪里

爱　过

我是说
星辰也会熄灭
你纯洁的眸光
却能长存

早晨和夜晚
有什么区别
太阳照不照耀
有什么区别

也许没有再见
眸光留在
彼此心上
却长久闪烁

其实，我不喜欢闪电

说来就来
说走就走
你一定不是大地的儿子

爱恨情仇
一目了然
而且还咄咄逼人

但在冬天
河流需要你的时候
你却逃跑了

我总觉着
春天的美
与闪电无关

讲 课

他们的眼睛
是星空
你可以帮
孩子们
装上一轮明月

有小草
有高山
有一马平川

最关键是
一觉醒来
窗外正
阳光灿烂

故　事

小时候
去看电影
总以为里面的人物
就在我们身边
而路上的花花草草
还不及故事里的真实

后来
再看电影
那些河流山川
撑起火辣辣的情怀
开始怀疑这伸手可及的幸福
难道是真实的赞叹

现在
又看电影
一条条丝巾
一朵朵笑容
令人眩晕的画面
看导演精巧的构思
看演员
怎样弄假成真

野花之痛

孤独的野花
垒砌台阶的石块
一架通天的云梯
染红脚下的泥土
多次命悬一线
无名野花
刻骨铭心的绝望

四通八达的道路
像河流远去
一瓣瓣野花
举着自己的血肉之躯
在山野
在凄凉的风里
如祭天的牲品

渴望蓝天拥抱
渴望雨露滋润
风吹过
一瓣瓣粉身碎骨的惊悸

秋天倒伏下来
一堵没有尽头的墙
生锈的钥匙
谁还需要她打开
一扇失忆的门窗

孤独的过客
无名的英雄
你的白骨埋在哪里
哪里将长出
一片鸟鸣

角　落

角落还在
长长的蔓缠绕
野草在相爱

消失了
最初的豪迈
云的相思
谁还知道
车水马龙的街角
曾有一个遗忘的
热血故事

只有风儿在低语
但不会有人
能够听懂
似乎也不需要
再次忆起

生　日

只要岁月允许
就一起燃烧
九十一岁的姐姐
祝八十五岁的妹妹
生日快乐

手牵手走过的路
是一生最美的回忆
田野青青
岁月静好
曾经笑靥如花
也曾黯然神伤
如今看子孙一堂
满树开花

美丽的年华
化作岁月蹉跎
一头白发
满目昏花
妈呀姨妈
举杯祝您俩长寿
哽咽　一时语塞

那风儿还在

这是一个平静的午后
风很轻很淡
阳光安好
想起工厂
你面带微笑
在午后劳动
一脸灿然

多么平凡的午后
谁想到值得珍惜
我又来到这里
已是一片楼盘
阳光依旧
小草青青
绿树成荫

这是个困顿的午后
蓝天已不种白云
漂洗淡淡哀怨
你可是还记得
诗和远方

那清凉的风儿
轻轻吹过脸庞

故乡月光曲

我又融进故乡的月光里了

故乡的蔬菜大棚
遍地开花的银器
一道道涌动的波涛
我莫非在船上急驶

小时候
我多少次融化在故乡的月光里
听外婆轻声说话
简单安定地生活
就是外婆一代人的梦
故乡的月
流动温馨的气息

在我成长的日子
故乡的月光
和我的幸福重合
就在这个地方
乡亲们在朦胧的月色里
切地瓜干

偶尔闪亮一下电筒
照亮遍野"哇哇"的歌谣
看不见的花朵
竞相开放
故乡的月
是幸福又苦涩的记忆

我又融化在故乡的月光里了

菜棚里乡亲们在书写着诗篇
黄瓜、茄子、西红柿
成就了一代人的梦幻
父辈们不敢想的轿车
一辆辆摆在菜棚四围
掬一捧月华啜饮
我醉倒在故乡的怀里

南山之意

在那苍凉的南山上
与你突然相遇
洁白的草叶尖上
闪着凄美的光
苍白的季节
红色的花

在那诡异的南山上
突然与你相识
寒冷的风
神情凝重
春天已来
冬天还在

古　街

春天花开了
她也不开
只等你身穿五彩服
叫醒一个沉睡的梦

多少故事和传说
藏在青石板和灰瓦间
慢慢地走啊
别踩着安静的鸽子
古槐和教堂
同天上的白云
一起睁开眼睛
古街上传来
遥远的钟鼓声

冬天来了
她还开着花
红红的城门打开
千年前的县令
忽然传来消息
蜿蜒的南阳河

冬日也有流水经过
源自远古的记忆
源自清秀山岳
濯洗着青州古城

哦　对了
如果爬上古街的阜财门
你会看到闪光的寿字
山际间会传来隐隐梵音

流星雨

今夜无眠
漫天飞花

流星雨
梨花落
你为谁妩媚
谁为你流泪

明亮的目光
投向远方
你的粉身碎骨
换来的却是
一脸笑容

诗歌的谷底

诗歌
终于到谷底了
看见满街都是诗人
老早就写诗的人
竟然说要保卫诗歌

终于落地了
白骨累累的坟场
那些磷火
是诗人的灯
有钱人和穷光蛋
都必须通过的路径

终于看到尽头了
还有人喘气写诗
红艳的彼岸花开着啊
说
快快回去
快回去
看到七彩的太阳花
说我还爱他

多好的日子啊
美好的生活
一不小心
弄丢了
一枚夜明珠

时　光

夜幕降临
光芒开始消逝
凡尘渐渐隐去

大地空无一人
远处传来阵阵梵音
像流水激起
一朵朵浪花

树　影

树荫把月光
剪得七零八落
黑暗和光明
在搏斗

花　开

鲜花
用光泽织着网
过滤每一个清晨
清洗所有的
往昔岁月

多么快乐啊
可爱的陌生人
只管今朝
不计昨日

白玉兰

突然怒放
一树白玉兰
瓷的编钟
铮铮作响

在一幢废弃的
楼房前面
一排玉兰树
齐齐地站在
夕阳就要熄灭
的黄昏
喷薄
欲燃

我的眼睛有些湿润
似被一些闪光的碎片击中
在这个十字路口
料峭的春风
猛然把我从梦里
唤醒

薰衣草

我还是为
薰衣草沉醉
几丝白发
依然飘着
淡淡薰衣草的
香味

等待着爱
等待着自己
不被昨日掩埋
循着薰衣草的香气
发现一颗颗
太阳

深深爱上
这紫色的爱
我的血
从此更红
我的等待
更纯真

纯纯薰衣草啊
一曲紫色歌谣
熏染灵魂深处的梦想
等待着
每天都有新的自己

不敢向太阳索取
一束薰衣草
坚守着纯粹
身在红尘里
香飘云天外

卧 梅

她
倒在雪地里
胭脂
撒了一地

她多想再站起来
追赶路程

山楂树

雨没有颜色
山楂树却开始红润

红红的山楂
怀揣利刃
轻轻割开
秋天的粮仓

我遍体鳞伤
坐在山楂树下
望着远处的山峦
不发一言

墙角的蜡梅花

蜡梅花开了
蜡梅花开了

在冷漠的角落
瘦弱的蜡梅花
开得如此娇艳
手举灯盏
在为谁照耀

落 花

在风中凋谢
在寂寞里一无所有

没人相信
这是充满激情的花朵
没人相信
这是一条风干的河流

一无所有
却不能面朝大海
在大地上画一道河水
淹没另一条大江

向日葵

没有阳光的日子
用自己的血
点燃灯盏
每一条缝隙
都写满倔强

向远方眺望
有什么用
低着头
咬紧牙关

梨 花

纯净的美
屏住呼吸
除了纯净
世上已空无一物

小鸟也呆住了
折服于
这超凡脱俗的纯粹
我从此路过
一下就彻底爱上这红尘

时光静美
春天来临
没有不想开花的树

这圣洁
一片一片
来自天上
轻轻地
把足印种在人间

残　荷

不会再遇到你
是风儿
把你轻轻带走

红通通的笑脸
一场雨
唯有香如故
我不会
再遇到你

花自飘零水自流
你我相遇
太匆匆

芦花,芦花

芦苇突然闯来
在河塘里开花
一路向东
浩浩荡荡

去年的荷花
还藏着一首诗
却永远不再见
似乎也无人再记得
他的消息

芦花,芦花
你盛开吧
皓月照人
貌若天仙

有人在唱
绿草苍苍
白雾茫茫
有位佳人
在水一方

为什么突然喜欢上
这副俏美模样

芦　花

秋风吹来凉意
蒹葭苍苍
夕阳余晖中
芦花举着
一盏盏明灯

缥缈的岁月
游荡的歌声
走进芦苇丛中
一瞬间
穿越了岁月的城

芦苇

芦苇花开
明眸皓齿
抚琴长啸
可好

红男绿女
命犯桃花
心有千千结
谁是寂寞中人

芦花斜照里
遍布寒露秋霜
本是辟邪物
伴诗酒酬唱

芦花飞雪
尽属观光之客
循着追梦的足印
找到梦里河山

枯 荷

把头埋进水里
一个季节开始倒伏

香艳盛开过后
满地点点灰烟
一杯一盏
没有留下名字

人生无常
只管花如火焰
走好自己的路
哪管春天是否再来

柿子树下

光焰四射的流星
在这里汇聚
柿子树下
一天星斗
一片苍穹
柿子树
孤独的树
站在秋风中

像奔腾河流的
堤坝
拦截着昨日的星辰
柿子树
你是记忆的湖
储满岁月的歌
现在你佝偻着身子
像一个问号
拷问苍茫的大地
不问秋风

柿子树下

听到你在怒斥
我的路究竟在何方
这是给我新生
还是就此结束
我的梦想

花无缺

看不见
但我知道你在哪里
看不见
但我知道
依然是春暖花开

虽已是昨天
但生长着未来
花开不落
月圆无缺

就像初次相见
原始的味道
你的笑容
忽然像一片云
轻轻闪过眼前

后　记

　　当阳光再次照到身上时，才发现已是青丝变白发。回望来路，岁月蹉跎。

　　诗歌难写，新诗尤甚。它虽不是哲学，却比哲学更有趣味；虽不是武器，却比武器更长久。在这孤独又被人轻蔑的诗歌创作路上，虚度若干光阴。

　　2015年《深夜听花》出版时，潍坊市作协首届副主席、潍坊市文联文学创作室原主任陈显荣先生在序中写到鲁迅的话："选材要严，开掘要深。"这是我很大的创作弱点，作品的思想深度还远远不够。《纯纯薰衣草》也不免存在这样的问题。

　　在学习诗歌的路上，我有幸遇到山东师范大学袁忠岳教授。那是一个中午，在他家中，袁教授滔滔不绝地给我讲了两个多小时的诗歌写作课，一直没休息。非常感谢又感到愧疚！他已八十岁了啊！

　　在出版诗集的路上，我有幸得到诸多支持，同《深夜听花》一样，《纯纯薰衣草》的出版，也仰仗各位企业家的爱心资助。特别感谢青州市山水置业有限公司吕洪强董事长、青州市东圣水医院陈洪彪院长、青州市水渠农业服务有限公司闫良国总经理、青州市李师傅家具美容服务中心李少青经理。如果没有他们的资金支持，这本诗集是印不了的。

同时,感谢"长河文丛"主编、诗人马启代先生为诗集写序,感谢青州市作协和全国各地默默支持的文友们!

张建海

2022 年 7 月